치약을 마중 나온 칫솔

정덕재

시인의 말

누군가 마중을 나온다면 길이 외롭지 않을 것이다.
그것이 낯선 사람이든 낯익은 사물이든.

2021년 11월
정덕재

치약을 마중 나온 칫솔

차례

2부 늘 돌아오잖아

3부 지금도 심장은 왼쪽에 있다

4부 지는 꽃 아래 피는 꽃 있어

해설

1부

그녀 곁으로 모여들었다

인간의 구성물질

인간의 몸이 70%가 물이라면
30%는
불이어야 한다

들판을 휘저은 민중의 역사가
위대한 물결이라면
나머지는
혁명의 불꽃이어야 한다

한 줌의 재를 손에 넣고
한 줌의 재를 남기고 가는
인간의 구성물질은
물과 불이다

기둥에 부딪힌 관계

영화 더 디그를 보고 난 이후
여주인공 캐리 멀리건의 잔상이 사라지지 않아
구글에서 사진을 골라
컴퓨터 모니터 배경화면으로 설정했다

바람에 날리는 단발머리는
들판에서 흔들리는 마른 풀
한 번 만난 뒤
여러 번 밥을 먹고 술을 마셨던 인상으로 중첩된다

밥집은 사라진 지 20년
술집은 열 번 넘게 간판을 바꾸어 달았다
술에 취해 부딪혔던 그때 그 기둥 하나
어루더듬어도 건조해진 지문에
낙서 하나 찾기 어렵다

처음 본 캐리 멀리건이
도마동 어느 초등학교 후문을

배회한 적이 있었다면
부사동인지 대사동인지 늘 헷갈리는
여학교를 방문한 적이 있었다면
분명 그녀와 나는
기둥에 여러 번 부딪힌
이상한 구조의 술집을 기억할 것이다

컴퓨터를 켤 때마다
그녀 곁으로 모여든
여러 개의 파일은 일렬종대 기둥으로 세워져
약속을 암시하는
32년 전의 암호를 만든다

캐리 멀리건이 아니어도 괜찮고 김미정이어도 괜찮다

치약이 나오면

절반쯤 감긴 눈으로 치약을 짠다

군대에서 장기수 복역 같은 근무 중에
어느 날 아들은
치약을 짜는 순간 외로움이 밀려왔다고 했다

급하게 이를 닦고
공부 잘하는 학생과 공부 안 하는 학생은 학교에 간다
이를 닦고
비정규직과 비정규직이 아닌 사람은 공장에 간다
바쁜 사람은 사무실에서 이를 닦고 출장을 간다
시간이 많은 사람은
천천히 이를 닦고
같은 길을 세 번 왕복하는 산책을 한다

아침에 치약을 짜도
저녁에 이를 닦아도
절반쯤 감옥에서는 걸어갈 길이 없다

외로움은
혼자라서 오는 게 아니라
갈 길이 막힌
절벽처럼 다가오는 법

밖으로 나오는 치약은 외롭지 않다

외나무다리 칫솔 위로 미끄러지듯 누군가 걸어 나온다

치약이 세상에 나오면 적어도 한 사람은
마중을 간다

손을 씻었는지

삼십 분 동안 TV 리모컨을
열 번 이상 돌리고 난 뒤
손을 씻었다
반갑게 악수를 건네는 늙은 남자 앞에서
주머니 속 손을 꺼내지 않는 용기를 발휘했다
컴퓨터 자판을 두드리다 머리를 긁고
발바닥을 긁다가
손을 씻었다
코로나 바이러스가 퍼지는 동안
손 씻는 습관은 반복의 일상이 되었고
손뼉 소리는 맑게 퍼졌다

11월 셋째 주 금요일 저녁이었던가
까마득한 세월을 흘려보내고 만난
그녀와 반갑게 한 번
아쉬움에 또 한 번 잡은 악수 후에
손을 씻었는지
따뜻한 주머니 안에

그냥 두었는지
기억나지 않는다
32년 전 이별의 골목에서
끌어안은 왼손의 포옹은
지금도 내 오른편 등에 남아 있는데
얼마 전 그 손은 기억나지 않는다

두 개의 이응을 찾아서

탁상달력 11월 21일 칸에 단정하게 적혀 있는 자음 이
응 두 개가 눈에 들어왔다 6월 30일 한 해의 절반을 보내
는 날에 남은 달력을 펼쳐 보는데 두 개의 이응이 무슨
뜻인지 도무지 생각나지 않는다

사람 이름으로 추정하여 오래된 시간 속으로 들어갔
다 고등학교 동창 영유는 이민 간 이후 소식이 끊긴 지 30
년이 넘었고 대학 3학년 늦가을 플라타너스 나무에 올
라 머리 위에 잎새를 떨구었던 유인이는 작은 슈퍼마켓
을 하다가 유통기한 없는 물품이 많아 좋다며 문구점을
차렸고 두 번쯤 창문 앞을 흘깃 지났을 뿐이다

지난해 새로 생긴 동네 술집 주인과 술잔을 기울이며
우연으로 만나 필연으로 사랑하자며 우연이란 이름을
칭송하던 기억은 흐리다 안경 너머 맑은 눈동자를 봐도
체인이 빠져 걸어가는 자전거 바퀴를 봐도 생수병 뚜껑
과 병목을 번갈아 봐도 두 개의 이응은 미로 속에서 구르
다가 부딪혀 쓰러졌다

무심코 습관처럼 연 냉장고 안 우유를 꺼내 마시던 중 바나나맛 우유를 자주 마시던 두 개의 이응 그녀가 떠올랐다

솜사탕 이별

계수나무 잎새에서
솜사탕 냄새가 난다
떨어진 잎에서
더욱 진하게 퍼진다
사랑을 시작하면
계수나무를 심어야 한다
사랑하는 여인과 헤어질 기회가 찾아왔을 때
계수나무 아래를 걸어야 한다
이별의 향기는
달콤한 위안이다
길게 뻗어 끝이 흐릿한
숲길이라면 흐르는 눈물에
최면의 시간이 적셔질 것이다
이별 앞에 사랑이 있어
하루 지난 이별도
일 년 지난 망각도
솜사탕으로 녹아
입안은 달콤한

당신의 혀만 남는다

고향 사람이 죽었다는 부고

부고가 휴대폰으로 날아왔다
병삼이 아버지가 여든셋 나이로 세상을 떠났고
코로나19 감염병 사태로 조문은 받지 않는다며
은행 계좌번호만 남겼다
육개장 한 그릇 먹지 않고
부의금을 보내려니 허전했다
부고가 허공을 갈라 날아왔듯
부의금 오만 원을 날려 보냈다

열여섯 살 담뱃잎을 말리는 비닐하우스에서
병삼이 아버지는 담배 피면 뼈가 삭는다고
길게 훈시를 했다
여든셋 세상을 떠나기 일주일 전까지
그는 담배 몇 모금씩 빨았고
끝내 뼈는 삭지 않았다
아내가 죽고 시름시름 앓다
읍내 장터에서 예순일곱 여인을 만나
기운을 차린 게 구 년 전이고

오 년 전 헤어진 문틈으로 울음이 새어 나왔다

백 세를 앞둔 노모는 이른 저녁 잠이 든다
달이 뜨는 날이나
칠흑으로 사람을 가려 주는 날이나
동네에는
스스로 부고를 준비하는 노인만 남아 있다

죽어 갈 사람들은 오래전 서울로 떠났고
고향에서 들려오는 부고는 줄어들어
코다리찜이 맛있는
부여군 어느 장례식장에 가 본 지 오래됐다

개가 죽었다는 부고

열두 해를 같이 산 돈 워리*가
세상을 떠났다는 부고에
은행 계좌번호는 없었다
장례를 치르고 허전한 집을 달래려
만식이는 견공이 누워 있던 자리에서
잠이 들었다

밤늦게 찾아간 현관문 앞에서
꼬리를 경쾌하게 흔들던 돈 워리와
열 번도 넘게 얼굴을 마주쳤지만
끝내 말은 섞지 못했다

튀기지 않고 구워 만든 새우깡 몇 개
오징어 다리 하나 던져 주면
돈 워리의 혈압과 비만을 걱정하며
만식이는 눈을 뜨게 떴다

세상을 떠나기 전날

하루 종일 거실 바닥에 엎드려
고개를 들지 못하고 발걸음만 쳐다보다가
천변 길 따라 산책하고 싶다며
길게 내뱉은 신음이 마지막 유언이었다

오 년 전 코다리찜이 맛있는
부여군 어느 장례식장에
일곱 살 돈 워리를 데려왔던 만식이는
일찌감치 죽음을 보여 주었다

어디선가 문 여는 소리 들리면
만식이는 고개를 들고
돈 워리를 닮아 갈 것이다

* "Don't worry"를 한글로 표기한 것으로 염려하지 말라는 뜻이다.

등화관제가 필요한 시간

허리 두께가 확연히 다른 남자와 여자가
길을 걸어간다
남자는 인도와 차도를 가르는 경계석을 밟고 간다

편의점 앞에서 담배를 피는 10대 남자와 여자가
바닥에 연신 침을 뱉는다
보도블럭 사이 물길이 흥건하다

택시를 잡는 취객 하나가
손을 흔든다
손을 흔들 때마다 길 가운데로 들어간다

밤이 길어 귀가하지 않는 사람
밤이 길어 불이 꺼지지 않는 간판
밤이 길어 달리는 택시

지팡이도 길을 잃는
누구도 보행하지 못하는

암흑이 필요하다

등화관제를 알리는 사이렌은
몸과 마음의 교대근무를 알리는
신호였다

철거

폐점 기념 눈물의 바겐세일을 알리는 현수막이
동네 야산 나무에 걸려 펄럭이는데
포클레인 한 대가 건물을 철거하기 시작했다
무너진 벽은 말라 버린 벽돌을 드러냈고
녹슬지 않은 철근은 마디마디 성성했다
점심시간이 되자
일꾼들은 식당에 몰려갔고
구겨진 철근 위에
새 한 마리 앉아 마디를 세고 있다
고개를 끄덕이며
스물일곱 스물여덟 스물아홉의
길지 않은 날들을 부리로 쪼았다
마늘 냄새 풍기고 나온 기사와
귀에 담배를 꽂은 일꾼 하나와
사탕을 입에 넣는 청년 하나가
새 한 마리에 눈길을 보냈다
배는 싫다며
비행기 타고 제주도 가고 싶다고 했다

철근 토막을 던지고 싸웠던 날
바닥에 떨어진 철근 녹이 벗겨져
잠시 빛난 적이 있다고 했다
쌓기는 쉽지만
무너지기는 건 더 쉽다고 했다
포클레인 엔진 소리가 커지자
새는 날아갔고
사람들 모두 하늘을 보며
날아가고 싶다며 중얼거렸다
하늘이 맑아 구름은 명랑했지만
비행기는 보이지 않았다

바람의 탄생

시집을 펴낸 뒤 다섯 달이 지났고
초판은 띄엄띄엄 팔리는 중이다
냉장고에서 술 한 병을 꺼내고
시집을 펼쳐 들었다

가벼운 책은 더욱 가벼워졌다

사랑이라는 말은 몇 그램이 적당할까
혁명은 낭만보다 얼마나 더 무거워야 할까
사상과 죽음은 손에 들 수 있는 무게일까

책에 박힌 낱말에 따라
종이의 무게가 달라진다면
시집을 펼치는 손도 주저하는 법을 배울 것이다

은밀하고 영원한 사랑을 인쇄한다면
그 자리에 피를 토하며 쓰러지는
선홍빛 수입지가 놓여 있어야 한다

명치에서 올라오는 깊은 한숨을 인쇄한다면
그 자리에 바람 소리 나는 문풍지를 놓아
시집은 오랫동안 세월의 바람을 맞아야 한다

시집에 실린 낱말에 따라
종이의 무게가 달라진다면
저울로 책을 사 가는
고물장수의 표정은 달라질 테고
책을 펴 든 손바닥 무게중심은
조금씩 흔들릴 것이다

몇 달째 초판 시집을 읽는 늦은 밤
창문을 열자 한 번에 서너 장을 넘긴
책 읽는 바람이 탄생했다

질식

마스크를 쓰기 시작한 후
인사를 놓치는 경우가 잦아졌고
이목구비 중에서 구비가 사라지니
입과 귀로 전하는 문학들이
하나둘 자취를 감추었다

마스크에 익숙해진 후
알 듯 말 듯 가물거리는 얼굴에
멋쩍은 눈인사를 보냈고
보이지 않는 입과 보이는 눈은
서로 다른 표정을 지었다

시간이 지난 후
눈으로 전하는 얘기들이
100와트 전등으로 빛나기 시작했고
깊은 밤 눈에서 빛나는 등불이
어둠을 밝혀 나갔다

콧잔등 위 얼굴만 드러내는 시간이 길어지자

입에서 나오는 열 마디 중에

마스크를 뚫고 나오는 것은 한 마디뿐

뱉은 말을 다시 삼키느라

질식사로 숨지는 작가들이 늘어나고 있다

흰 수염 얼굴

흰 수염이 부쩍 늘어난다
힘에 부친 것들은 색을 잃어 간다
거꾸로 자라는 고공의 멀미로
수염을 비치는 거울은 어두워진다

한 달 동안 수염을 기르고
작은 수영장에 갔다
늙어 가는 흰긴수염고래라고
주문을 걸며
얕은 물속을 헤엄치기 시작했다

구경꾼 하나가 작살을 던졌고
포유류 한 마리는
비명 없이 허우적거리며
피를 흘리는 중이다

흰 수염은 하루가 다르게 늘어난다
거울을 보는 횟수가 많아진다

작살잡이 피하느라
종종 길을 잃어버리고
긴 수염이 물결 따라 휘감긴다

56년 된 얼굴의 생일

세수를 하고 거울을 본다
한 번도 제대로 닦지 못한 뒤통수는
오늘도 거울에 비치지 않는다

56년 동안
손바닥으로 뒤통수를 열 번쯤 맞았더라면
46년 동안
장난감 뽕망치로 장난스럽지 않게 다섯 번쯤 맞았더
라면
36년 동안
붉은 벽돌로 뒤통수를 한 번이라도 정확하게 맞았더
라면
부르르 떨며 일어나는 분노는
오랫동안 혈관을 흐르고 있을 것이다

매일 아침 세수를 하며 거울을 본다
뒤통수를 비추지 못하는 욕실에서
취기에 부르는 해피버스데이 노래는

배수구를 빠져나갈 뿐이다

2부

늘 돌아오잖아

개
—114동 입구에서

까만 털은
밤에 더욱 빛난다
달밤 산책길에 만난
당신의 반려견에게 주구走狗라는 말을 뱉자
까만 놈은 바지 끝자락을 물었고
발길질을 견뎌야 했다
그 이후 경계심의 무기를 장착했다

물어뜯어야 할 자본과
뜯어 버려야 할 권력을
어쩌지 못하는 자가
할 수 있는 건 어이없는 발길질
꼬리를 흔드는 시간과
귀여운 이빨을 구분하지 못하는
어이없는 사리 분별
114동 현관으로 들어가는 까만 놈은
사람을 보면 자주 짖는다

타이밍
—102호

검정색 자전거가 두 대라
아들 두 명으로 짐작했다
두 아이가
휴일 주차장에서 다정하게 바퀴를 굴린다

넉넉한 표정의 엄마와 아빠에게
잘 어울리는 남매라고 말했는데
형제라는 답이 돌아왔다 겸연쩍게
다복한 집안이라고 했더니
함께 사는 사촌 조카였다

자전거 두 대의 추리는 오류였고
아이들이 찬 공이 굴러와 걷어 찾지만
타이밍을 맞추지 못해 슬랩스틱 코미디가 되었다

알고 보면
삶은 헛발질의 연속이고
여기에서 저기로 옮겨지는 공은

계속 굴러간다

헛발질과 공은 수시로 피곤하다

살아 있다
—201호

포장한 족발과 함께 퇴근하는 모습을
여러 차례 보았다

대패삼겹살을 파는 이조돌구이 간판 아래에서
조선시대 중인의 신분 같은 내 또래를 두어 번 마주
쳤다
건너편 보쌈집에서 소주 네 병이 다정하게 있는 모습
을 보았다

아파트 현관에서 인사를 하자
이런 날은 쫄데기 살 김치찌개가 좋다며
검정 비닐봉지를 들어 보였다

하늘은 맑았고
라일락은 향기로웠다

하얀 구름이 파란 하늘에 스몄고
옅은 보라색 꽃은

32년 전 스카프를 닮았다

201호 남자의 오늘은
맑은 하늘과 라일락이 어울리는
돼지고기다

찌개를 뜨다 스카프가 젖은 날은
9월 3일 목요일이었고
무릎 뒤쪽 오금에 붙어 있는 쫄데기 살은
껌처럼 질겼다

여전히 살아 있어
이런 날을 기억한다

살아간다
—또 201호

남자는 닷새 뒤에
이런 날은 족발이 어울린다며
프랜차이즈 족발집 상표가 또렷한
하얀 비닐봉지를 들어 보였다

1층에서 2층까지 엘리베이터를 이용하는 201호는
족발 예찬론자이다

땡볕에도 소나무는 푸르렀고
한 달 넘게 비 구경을 하지 못했다

늦은 밤까지 30도 아래로 내려가지 않는 온도는
족발을 푹 익히는 날이었다

정육점에서 나오는 부인을
보았다는 말을 하지 않았다
밝은 표정으로 나온 부인은 초혼이고
즐거운 얼굴로 올라가는 남편은 재혼이다

다음 날 가족 한 명은
곱창이 들어 있는 검정 봉지를 높이 들어
이런 날의 아름다움을 칭송할 것이다

201호의 돼지고기는
하루는 족발이고
하루는 곱창으로 살아간다

노르웨이에 산다
—202호

수시로 비릿하다
스티로폼 박스가 일주일에 한 개
때로는 두 개 쌓여 있다
계단 오르는 발걸음을
멈추고 숨을 크게 들이마시면
여수에서 잡힌 돌문어가
기절하는 중이다
지구 저편에서 출발해
부산어시장을 거쳐
한진택배나 CJ택배 트럭을 타고
비린내를 극도로 싫어하는 택배 노동자의
손에 들려
고등어는 집 안으로 들어간다
새벽 댓바람부터 올라오는
생선구이 냄새의 고향이 노르웨이가 아니라
201호로 추정되지만

301호 역시 스티로폼 박스가 배달되는 걸 자주 목격했

다 용의 선상에 오른 곳은 두 집이다

201호 바다 위 아일랜드 식탁과
301호 숲속 앉은뱅이 밥상에서
고등어는 날렵한 유영을 한다

여기는
늘 돌아오는
낯선 집
아름다운 노르웨이다

이삿날
—302호

한 번도 마주친 적 없다
북적대는 이삿날
이삿짐센터 직원 뒤에 서 있는 주인에게
친절한 작별 인사 했더니
보기 드문 90도 인사가 돌아왔다
아름다운 여성이
배가 불룩 나온 남성에게
고운 표정을 건넨 날
담장에 붙어 있는
붉은 장미들이
손을 흔들며
아쉬운 향기를 선물했다
서로는 매우 친한 사이였다

장미 같은 여인과
가시 돋친 장미는 사랑을 나눌 준비가 되어 있는데
사다리차에 실린 꽃잎은
허둥지둥

떠났다

체납고지서는 이삿짐에 들어가지 않았고
다른 이사가 오기까지
다섯 통의 고지서가 더 도착했다
그사이에 장미꽃 두 장 우편함에 날아왔다

고체가 된 냄새
—401호

문 앞을 지나면

한마디로 단정하기 어려운 두 가지 이상의 냄새가 풍

긴다

그녀를 엘리베이터에서 만나면

세탁기 놓인 베란다에서

이상한 냄새가 나지 않냐고 물어본다

나는 고개를 여러 번 가로젓는다

일주일에 서너 번 짙은 섬유유연제 냄새가

4층에서 5층으로 올라온다

주말에 쓰는 세제와

평일에 쓰는 냄새는 다르고

곰팡이를 제거하는

옥시크린은 목요일이다

401호를

계단에서 마주쳤을 때

또다시 이상한 냄새의 진원지를 묻는다

나는 왼팔에 코를 대어 숨을 들이마셨고

오른팔을 들어 일주일 내내 숟가락에 올라온

동태탕 김치찌개 청국장의 무게를 쟀다

그녀가 가슴에 얼굴을 파묻은 채 쿵쿵거려
오래 기른 반려견처럼 안아 주었다
하루에 두 번씩
머리를 감는다고 말했던 그녀였지만
이틀 동안 씻지 않았다
미행과 잠복근무로
냄새의 발원지를 추적하다 보면
사물과 사람의 경계가 흐려지고
냄새는 켜켜이 쌓인 퇴적암으로 굳어져
고체가 된다

산만한 인간의 상상
—501호

나는 501호에 산다

501호 아저씨에게
601호 아이의 뜀박질은
100미터를 15초에 돌파하는 달리기다
중장거리 선수보다 단거리에 적합한데
자주 드나드는 학습지 선생은
단거리와 중장거리가
동시에 가능한 선수로 만들고 있다
성장기 아이의
엉덩이 근육염좌와
십자인대 손상을 걱정하는
501호의 아저씨는
601호 다섯 살의 왕성한 걸음걸이를 세며
잠이 든다

꿈속에서
발자국 소리가 들린다

공중돌기를 하고 착지하는 사람이
601호 아이인지
501호 아저씨인지
가물가물하다
눈을 뜨면 사라질 것 같아
오래도록 눈을 감고 있었다

뜀박질

—601호

다섯 살은 걷지 않는다
엄마가 부르면 웃으며 뛰고
아빠가 부르면 낯선 사람이라 뛴다
장난감을 가지러 갈 때는 친구라서 뛰고
화장실에 갈 때는 물놀이가 즐거워 뛴다

열 살까지 뛰어라
쉰 살이 넘어도 뛸 수 있어요
스무 살까지만 뛰어라
예순 살이 되어도 뛸 수 있어요

뛰어본 지 오래된 사람은 쉰여섯 살이고
잘 뛰는 사람은 다섯 살이다

뛰는 쪽과 누워 있는 쪽
어떤 무리로 들어갈지
염탐하는 제3의 인물이
초인종을 눌러 안부를 묻는다

뛰는 사람은 뛰어가고

기대어 있는 사람은 일어나지 않는다

오래된 부부

—702호

부부는 함께 있다
봄에 손을 잡고 여름에 손을 잡고 가을에 손을 잡고
겨울에는 장갑을 잡는다

나는 장갑이 좋아
가죽장갑보다 털장갑이 좋아요
나는 장갑을 벗을 테니
당신은 장갑을 끼고 있어요
손이 시리지 않나요
손등에 눈이 닿은 날보다
햇빛이 내려앉은 날들이 더 많았으니
아직은 시리지 않아요
나는 장갑이 좋아
당신이 낀 털장갑이
무덤 같아서 더욱 좋아요
장갑에 들어가
따뜻한 시신으로 누워 있으면
당신이 그리울 거예요

겨울이 가도록
장갑을 벗지 말아요

이듬해 봄이 왔고
손 잡아 주는 이는 없다
벤치에 혼자 앉아
두 손 모은 오후의 그림자
흐리고 길다

재활용품 구분하기
—801호

재활용품 분리 배출하는 날
플라스틱과 비닐과 유리병을 나누어 버리는데
801호 남자가 묻는다
이건 비닐인가요

재질을 손으로 감별해 답을 했다
중국집 우동 그릇을 덮은 포장용 랩은
쓰레기봉투에 담아 버려야 해요

누가 봐도 비닐로 보이는 데요
배출 기준에 문제가 있는 게 아닌가요

보이는 게 다 실체가 아니지요
당신이 모범시민으로 보이는 것처럼 말이죠
담배꽁초가 포물선을 그리며 날아가는 모습을 보면
손가락으로 한두 번 튕겨 본 솜씨가 아니던데요

당신은 스토커인가요

포물선을 아는 걸 보면 중학교 이상 졸업을 했군요
담배를 끊은 것도 분명하고요

저는 당신의 이웃이에요
헛기침 한 번으로 집 안을 드나들던 시절이 그리운
안타까운 21세기 이웃이지요

재활용품 배출하는 날
버려야 할 게 많고
주워야 할 것도 많이 있지요

니트의 여름
—802호

니트를 입은 여름이다
15층 엘리베이터를 기다리는 1층에서
거울에 비친 털실은 부풀어 올랐다

시장바구니에
대파와 쪽파와 밀가루와
올리브유 유리병이 들어 있다

올리브유는 튀김용으로 적당하지 않다고 말했고
엘리베이터 문이 닫히자
여자의 왼쪽 가슴에 손을 얹었다

튀김을 많이 먹으면 심장에 좋지 않아요

누구도 도착하지 않는 15층을 눌렀다
튀김 냄새 나는 여자가
내 오른쪽 가슴에 손을 얹었다
심장 소리가 뜨거워요

심장이 왼쪽에 있다고 말하지 않았다
늘 튀김 냄새 풍기는 여름의 니트에게
802호 아파트가
802호 병실이 될 수 있다는 말을 망설였다

처방전
—901호

안경 낀 간호사가 건네준 처방전을
안경 낀 약사에서 내밀었더니
비닐봉지에 인공눈물 세 박스를 담아 줬어요

눈물이 샐까 비닐에 담아 주네요
비닐봉지 50원은 약값하고 같이 계산했어요
갑자기 눈물이 쏟아졌어요
소나기도 이런 소나기는 처음이네요

아스팔트 위 또르르 굴러가는 50원 동전을 줍다가
교통사고로 세상을 떠났잖아요
눈물이 그치지 않았어요
긴 장마도 이런 장마는 처음이네요
오십 년도 더 된 일인데 어제처럼 선명하네요
인공눈물 넣지 않아도 눈이 마르지 않을 거예요

남은 생 동안에 지금도 굴러가고 있는 동전을 쫓아갈
게요

자주 잊고 있던 길 위에 눈물을 뿌려 줄게요
처방전 고마워요 인공눈물은 두고 갈게요

늙은 남자
—1401호

114동에서
가장 나이 많은 남자는
나이 많은 여자와 산다

늙은 남자는 허리가 굽었고
꼿꼿한 이는 덜 늙은 여자다
종종걸음에 지팡이는 바쁘다

덜 늙은 여자는 빈 주차장에 사각형을 그어 놓고
가느다란 발목으로
폴짝폴짝 뛴다

의자에 앉아 있는 늙은 남자는
폴짝거리는 여자를 바라보고
보도블럭 사이로 고개를 내민 잡풀 하나가 말을 건다

항상 바라보고 있어요
길 잃어버리지 않게 잘 따라다녀요

지팡이 소리를 크게 내요
들리지 않으면 뒤돌아볼 거예요
뒤돌아보지 않는다고 섭섭해하지 마세요
불러도 대답하지 않았던 당신의 시절이 있었잖아요

늙은 남자는 두리번거리고
가느다란 발목은
열아홉 살로 튀어 오른다

이어폰
─1502호

1층 현관에 나란히 서 있어도
눈길을 주지 않는다

먼저 인사를 해도
아는 체를 하지 않는다

어린 시절에 지게 지고 나무를 했던
1401호 늙은 남자가
무거운 가방을 보며
말을 걸어도 대꾸하지 않는다

201호 돼지고기 아저씨가
질풍노도라는 말을 해도
고개를 돌리지 않는다

냄새 맡는 401호 여자가 코를 벌렁거려도
반응을 보이지 않는다

701호 반려견이
꼬리를 흔들고 엘리베이터에 들어오면
이어폰을 빼고 닫힌 귀를 연다

두 발 달린 사람과 말을 섞지 않고
네 발 달린 친구와 대화를 하는
1502호 학생은 수능을 앞둔 수험생이다

3부

지금도 심장은 왼쪽에 있다

벌들의 전세방

벌이 잠든 시간에도
벌통 안에서
작은 메아리가 좁은 골짜기에 부딪히는 소리가 난다
늦겨울이나 이른 봄이면
사람들은 벌통을 분양하느라 분주하다
날개를 펴고
꽃가루를 찾아다니기 전에
벌들은 이곳에서 저곳으로
방을 옮겨 다닌다
벌들도 전셋값 걱정을 하는지
집을 옮길 때마다
부산스럽다

위대한 나무

잎과 가지와 꽃을 말하는 순간
착하고 위대한 나무가 태어난다

밤 12시에 기대어
쏟아내는 넋두리와 구토는
용서하지 않는다

뒤척이다 잠든 시간이라 용서할 수 없다

가지가 뻗어나고
잎새가 돋아나는
시간 속에
새길 것이 배설뿐인가

목놓아 울었더라면
쓰러지지 않은 직립의 마음으로
탄식과 절망을 붙드는
버팀목이 됐을 것이다

모멸의 순간과 굴욕의 시간과
빛나는 별빛을
악마의 먹구름으로 가려 준 장벽의 의지는
고통을 견디는 방법을 전수했을 것이다

나무를 말하는 순간
잎과 가지와 꽃의 생애가 담긴
열 권짜리 구술이 전해진다

나무에 기댈 때는
먼저
나무의 생각을 물어보아야 한다

커튼을 열며

커튼을 여는 순간
가려져 있는 빛과 바람의 풍경이 그림으로 펼쳐진다

밤새 기다렸다고
일제히 노래 부르는 나뭇잎은
바람의 연주에
베이스와 테너를 넘나드는
신기한 창법을 들려준다

커튼을 여는 순간
불면의 사랑을 부둥켜안았던 사람과
잠을 사랑했던 사람은
미로를 비추는 그림 속 빛을 따라간다

커튼은 흔들리고
이편과 저편 사이에서
자물쇠를 채울 수 없는 문이다

그림 밖에 사람들이 서 있고
액자 안 사람들은 모델로 앉아 있다

센서등을 보며

쉰 중반을 넘긴 전립선 비대증은
새벽 3시에 화장실로 이끈다

오줌을 누고 나면
정수기 버튼을 눌러
갈증을 가득 채운다

6개월에 한 번씩 바꾸는 필터는
노화의 징조를 닮은 듯
조심스럽게 물을 거른다

물을 따르는 동안
정수기의 존재를 증명하는 증인은
새벽 3시의 비몽사몽 취객이다

길을 잃을까
나를 발견한 현관 위 센서등은
문을 닫고 들어갈 때까지

꺼지지 않는다

돋보기의 시간

온라인 서점에서 날아온 상자를 열기 전에
칼이나 가위를 찾아야 하고
추리소설에 어울리는 목차가 제대로 되어 있는지
돋보기를 찾아야 한다

테레비를 보기 위해 리모컨을 찾는 시간
자동차를 타려고 열쇠를 찾는 시간
전화를 걸기 위해 휴대폰을 찾는 시간

모든 사물과 일체가 된 시간을 모아 놓고
습관과 게으름과 욕망 사이에서
잘못의 경중을 따지기 전에
목차를 읽는
돋보기는 찾아야 한다

오래전 살인사건의 혈흔을 찾던 돋보기는
낡아졌고
카펫 위 엉뚱한 머리카락을 찾다가

한가한 빛으로 들어온 오목렌즈 놀이로 태워 버린다

보청기는 없더라도
상자 밖으로 새어 나오는 파열음을 추적하기 위해
돋보기는 찾아야 한다

거기에 살해당한 문자들이 묻어 있을 것이다

한일자동펌프의 공헌

여섯 개짜리 묵직한 생수병에 쓰여 있는 수원지는
비무장지대 접경지
포천시 이동면 지하에서 끌어올리는 일등공신은
이름만 대면 알 수 있는 한일자동펌프

계룡산 향적봉 아래
졸졸졸 졸졸졸
졸졸졸 약수터는 이성계가 도읍을 정할 때
마시고 간 이후 임진왜란 도망가던 포졸이
시원하게 들이켠 뒤
걸음이 더욱 빨라졌다고 한다
상투를 자를까 말까 고민하던 차에
인천 앞바다에 이양선이 나타나고
일본 순사가 쇠말뚝을 박고
6·25 전쟁 포탄이 터져도
졸졸졸 졸졸졸 흘러나왔다

펌프도 없이 샘솟는 생수는

멀리 비무장지대 인근 한일자동펌프에

오랜 공헌의 격려를 보내며

첫새벽 늙은 발자국을

반갑게 맞이한다

심장이 뛰던 시절

겨울이 끝나 갈 무렵
바지를 꺼냈고
허리는 두꺼워졌고
종아리는 가늘어져 있다
엘리베이터를 타지 않고
계단을 걷겠다며
마음먹었더니
미처 준비하지 못한 심장은 헉헉댄다
계단을 오르지 않고
가파른 고개를 넘지 않아도
숨이 가빴던 시절이 있었다

리어카를 끌고 가는 할머니의 숨소리와
최루탄 터지는 소리와
흔들리지 말자는 혁명의 노래와
공장 굴뚝의 연기와
갈아엎는 배추밭이 어울려
심장이 뛸 때가 있었다

3층 계단만 올라도
숨이 가쁘다
허리띠 한 칸 때문에
콩당거리는
심장의 체면은 온데간데없다
계단은 높고
박동은 초침보다 빠르다

심장은 왼편에 있지만 반 뼘 정도 좌우로 움직일 때가
있다

덧대어진 키스

안경 쓴 가수 이상우가
'그녀를 만나는 곳 100미터 전'을
불렀을 때가 1991년
어느새 30년이 지났다

2백 미터 전에도 알아볼 수 있었고
골목을 나오지 않아도
향기로 알 수 있었고
내딛는 발걸음은 까만 단화였다

30년 동안
다섯 번쯤 스쳤어도
눈치채지 못했으니
그립다거나 추억의 손끝이 떨린다는 말은
새빨간 거짓말이다

백내장 때문이거나
노안이거나

인공눈물을 수시로 넣어야 한다는 이유로
하얀 목덜미를 간간이 드러내던
눈부신 머리카락을 잊은 건
잊힌 것이다

그날 밤 깊은 키스로 남은 골목은
덧대어진 키스로 바랜 지 오래됐다

화장품이 가득 진열된 올리브영 가게를 찾아
달콤한 립밤을 고르는 동안
정체불명 향기에 갇혀
사람과 사랑을 한꺼번에 잊어버렸다

일기예보

도심 고개에 쌓인 눈밭에서
썰매를 타는 풍경을
동심이라고 전한다

제설 작업을 제때 하지 않아
가까운 출근길 혼란을
전쟁이라고 전한다

작은 공원을 걷는 남녀의 눈길을
호젓한 설국이라며
타국 소식을 전한다

서설을 견디지 못한
딸기 비닐하우스를
어설픈 공법이라고 전한다

눈발을 맞으며 장례식장에 가는
정치인의 뒷모습은

순백의 도화지를 걷는 사람이라고 전한다

눈길을 헤쳐 가는 길이
새로운 시대의 길이라고
이구동성으로 전한다

길을 걸어 본 사람이
많지 않은 세상이라
대개는 길인 줄 알고 걷는다

소와 송아지

9층 사무실 창밖으로 보이는
작은 공원
소나무 숲에 있는 정자에
키 작은 스무 살 남녀가 앉아
서투른 피부 상호 접촉을 한다
처음에 손을 잡고 있다가
치마 입은 여자가 남자의 무릎에 앉아
혀로 목덜미를 쓰다듬는다
과감하다
어미 소가
갓 태어난 송아지를 핥는
외갓집 외양간이 도심 한가운데로 옮겨 온 장면을
스킨십이라고 말해야 할지
애무라고 해야 할지
인터넷 사전을 뒤적이는 사이
동네 사람 삼삼오오 나오고
길 가던 사람 걸음을 멈추었다

금방 애 낳겠네
애를 낳고 왔다고 하네

밤이 깊어 부끄러운 사람들 몇 명 남아
소나무숲에서 시끄러운 소문을 내고 있는데
9층의 부감은 저출산 시대를 걱정하는 눈초리로
소와 송아지를 비추고 있다

그놈의 사이시옷

등교를 하려면
길을 걸어야 하고
그 길은 등교길이어야 하는데
자꾸만 등굣길이라고 쓴다
등교길에 경사가 있어
조금이라도 숨이 찬다면
등굣길이라고 쓸 수 있을 것이다
등교길이 산을 넘는 고개라면
등굣길을 등꿏길이라 써도 무방하다
평평한 길은 등교길
경사 15도 이상이면 등굣길
사이시옷을 넣는 규정은 경사도위원회를 구성해
결정하면 될 것이다

시옷을 타고
스카이콩콩 놀이를 하다가
똥구멍을 찔려 항문 외과에 가는 사람들이 늘어나기
전에

그놈의

사이시옷에 대한 논란을 정리해야 한다

통증 1

　왼쪽 발목 복숭아뼈 아래 전기가 지나는 통증이 자주 찾아온다 한 달 넘게 이어지는 통증은 왔다 가고 갔다 온다 하루에도 수십 번 1초 남짓 찰나처럼 스쳐 온몸을 흔들고 걸음은 불안하다 횡단보도를 뛰어갈 수 없다 속보로 건널 수 있는 도로에서도 다음 신호를 기다린다 발목에 220볼트 전기가 흐르는 신체발전소가 있어 비 오는 날은 조심스럽다

　사람들은 모두 통증을 앓고 있다 자주 가던 등산을 포기하고 천변을 산책하는 이는 무릎이 세상에서 가장 아프다고 말한다 잠을 이루지 못하는 이는 편두통이 세상에서 가장 아프다고 말한다 병상에 누워 통증의 크기를 재는 이는 가슴을 두드릴 때마다 멍이 깊어진다

　아파서 마음 가는 곳에
　마음이 모아지고
　두꺼워진 통증은
　아프다가 시리고 차갑다

통증을 헤집고 나면
거기
도무지 알 수 없는 사람들의
신음이
길 위에 널브러져 있거나
흐느적거린다

길이 단단해지기까지
통증의 기여도가 매우 컸다

통증 2

통증이 길어지면서
걸어가는 사람들의
발목을 보는 버릇이 생겼다
아킬레우스의 몸에서
유일하게 상처를 입을 수 있는
아킬레스건의 신화는
배회하는 전사로 남아
거리를 소란스럽게 한다

또각또각 하이힐을 신고 가는
여성의 발목과
그림자처럼 소리가 나지 않는
노인의 발목과
굵직한 장딴지를 힘겹게 지탱하는
청년의 발목은
오래전부터 상처를 숨겨 왔다

드러나도

상처는 나타나지 않는다
복숭아뼈 근처를 배회하는
통증은
시간이 지나면서 토착민으로 정착했다

손목보다 가늘어진 발목을
쓰다듬는
엑스레이 찍는 날
방사선 관리 구역에서 위안을 찾는다

고라니의 봄

농막 왼편 숲에서
부스럭거리는 소리는
아마도
비둘기
꿩
고라니

농막 뒤편 숲에서
부스럭거리는 소리는
아마도
고사리
버섯
땅두릅

꿈틀대고
소곤대는 해빙기

산과 들판 자잘한 소리들이

하나둘 모여들어
울창하게 퍼지는 봄
천방지축 뛰는 고라니 앞다리에 걸려
흩어지는
봄날

4부

지는 꽃 아래 피는 꽃 있어

보행자 자격증

쉰여섯 살 먹은 남자 셋이
횡단보도 앞에서
건너편에 서 있는 여자를 본다

횡단보도 남자 1의 흡연은
식민지 폐병과 다른 몰지각한 폐병이고
남자 2의 허리띠는
무관심한 고도비만이고
자꾸만 가래침을 뱉는 남자 3은
도덕적 양심을 가져야 한다

몰지각한 사람과
무관심한 사람과
전염병 바이러스 보유자가
인파에 묻혀 횡단보도를 걷는다

4차로 이상의 길을 횡단하려면
보행자 자격증이 있어야 한다

연두가 초록에게

초록 소나무가 묵은 솔향을 뿌리자
갓 돋아난 느티나무 연두 잎새가 말한다

겨울 냄새가 나요

초록 소나무 하릴없이 흔들리자
재잘대는 연두가 묻는다

뾰족한 삶이 행복한가요

가느다란 바람에 흔들리는 연두에게
초록이 묻는다

심하게 흔들려 힘들겠구나

싱그러운 포즈를 뽐내는 연두가
대답한다

흔들린 시간이 없나요

뾰족한 초록이 자학적으로 몸을 찌른다
소리가 되어 흩어진다

오래된 운동화

소풍 가기 이틀 전
부뚜막에 올려놓은 운동화가
오래된 연탄불에 그을려 누렇게 탔다

한 켤레의 운동화로
학교에 가고
소풍을 가고
골목길 숨바꼭질을 했고

한 켤레의 운동화로
외할머니 집에 가고
구멍가게 문을 두드려
두부를 사 왔고

한 켤레의 운동화로
축구공을 찼는데
담장 밖 공을 던져 준
여자 짝꿍의 운동화가

누렇게 그을려 있고

환하게
서로 환하게
웃어 준 적 있다

흔적

생애가 끝나기 전에 모든 것을 비운다

나이 쉰다섯을 넘은 뒤부터
남아 있는 것을 하나씩 지우기로 결심했다

천 권이 넘는 책을 버렸다
기억에 남는 책은 백 권이 되지 않았고
표지를 펼치지 않은 책은
삼백 권이 넘었다

열 켤레 신발 중에서
두 켤레만 남긴 결정은 훌륭한 선택이었다

양복 열 벌을 버리고
두 벌만 남겼다
하나는 결혼식장
또 하나는 장례식장이다

많은 것을 지웠다는 흡족한 마음으로
이삿날 짜장면 먹는 관습처럼
탕수육 한 그릇 앞에 놓고
잔을 기울였다

미련을 비우는 게 인생의 명예라고
술 취한 고개를 끄덕이며
불명예스러운 일회용 플라스틱 유산을 남기고 말았다

내 생애가 끝나도 흔적은 대대손손
중국집 플라스틱으로 남는다

플랫폼에서 놀기

기다리는 플랫폼에서 할 수 있는 놀이는
팔과 다리
목과 허리를 유연하게 비트는 스트레칭이다

작은 기차역에는
내리는 사람도 많지 않고
떠나는 사람도 많지 않아
뿌려 놓을 사연도 많지 않다

팔과 다리를 오므렸다 펴고
닳아 가는 철길의 수명을 걱정하며
플랫폼 끝에서 허리를 굽힌다

자꾸만 호루라기를 부는
역무원의 근심을 보며
나는 결코
철길에 뛰어들 사람이 아니라고 외쳤다

기차가 들어온다

남고 싶은 마음은 손을 흔들고

젊은 연인은 서양식 포옹을 하고

플랫폼에는 유연성을 기르는 늙은 사람 하나 있다

신용카드

신용카드를 지갑에서 꺼내는 손은
쓸 만한 손이었다

한도 초과 단말기 신호를 전하는
식당 아르바이트 청년의
눈을 마주치지 않았다

식욕은 얇고 네모난 모양이다
직사각형 카드가
기계 안에 들어가며
노동의 잉여를 알려 주고
멈추어야 할 노동의 시간을 명령한다

쓸 만한 손은
부끄럽다며 붉어지고
소주 반병으로 붉어진 얼굴이 있다

견디기 힘들어

단말기 안으로 들어가
얇아지고 싶은 사람이 있다

여론조사 1
―냉장고와 김치냉장고

냉장고와 김치냉장고를 고를 때 여론조사를 한다

팔순의 엄니는 여전히 김장김치를 담근다 늦은 여름 쯤이면 갱경에서 새우젓을 사는 것으로 겨울 김장은 시작된다 11월 하순이나 12월 초순에 배춧속 넣는 날을 택일한다 삭히고 달이고 까고 절이고 다듬는 일은 두세 달 전부터 시작돼 김장 농사는 고된 일이다

처음부터 여론조사는 김치냉장고가 우세하다

김치는 사 먹어도 되니 이제 김장을 그만하자고 말하는 철딱서니 없는 둘째 아들도 김치냉장고 편이다

삼 년 만에 찾아온 촌수도 알 수 없는 먼 친척이 점심 상에서 김치가 맛있다고 하는 바람에 김치냉장고는 월등한 표차로 앞서기 시작했다

군대 간 손주가 할머니와 통화를 하다 군대 밥은 맛있

나는 질문에 할머니 김치가 백배는 더 맛있다고 말했다
김치냉장고의 승리에 쐐기를 박는 대화였다

20분 동안 나눈 통화에서 그냥 냉장고라는 말이 한마
디만 나왔어도 하루에도 수십 번 열고 닫히며 노동하는
냉장고는 굴욕을 당하지 않았을 것이다

와인냉장고가 들어온 이후 거실에서는 묘한 긴장감
이 감돌았고 여론조사 항목이 추가되면서 김치냉장고
의 마음은 흔들리기 시작했다

여론조사 2
―벗꽃과 살구꽃

비슷한 시기에 피어
벚꽃을 벚꽃이라 부르고
살구꽃도 벚꽃이라 부른다

비슷한 시기에 피어
벚꽃 아래 사진 찍는 사람 많고
살구꽃 가리키며 벚꽃 아래
사진 찍는 사람 많다

남한에 벚꽃 거리가 많아
벚꽃 축제가 곳곳에서 열리고
벚꽃과 살구꽃을 구별하지 못하는 사람은
모두의 벚꽃 아래 모여든다

벚꽃과 살구꽃 중에서
누가 마음이 넓은지 조사하는 아르바이트 청년이
벚나무 아래에 서 있다

잎새를 대어 보지 않아도
꽃잎을 살피지 않아도
평생을 벚꽃으로 살아온
도시의 살구꽃이 대범하다

라라미장원

20년 다닌 라라미장원이 문을 닫았다
닷새 만에
빈 가게는 기계 소리를 내며 내부 수리를 했다
미용사는 전동 면도날보다
가위를 잡는 시간이 길었고
손가락에 박힌 굳은살을 보여 주며
여고 졸업식 직후 2월 말에 취직한
미장원 시절을 들려줬다
머리숱이 없는 남자는 더욱 조심스럽다며
잘게 잘게 가위질을 한다
쫄딱 망한 주식 얘기는 매번 들었고
도망가지 않는 땅이 투자의 으뜸이라고 강조했다
까만 타일 위에 시커먼 머리카락이 쌓이면
골방에 있던 재혼한 남편은 빗자루를 들고
눈치를 보며 바닥을 쓸었다
미장원 앞에 미장원 김밥집 옆집에 미장원
반경 삼십 미터 안에 미장원이 세 개 있는데
20년 동안 문을 열지 않은 몇 번만

다른 집에 다녔을 뿐
줄곧 가위를 많이 쓰는 미용사에 머리를 맡겼다
하루 종일 정수리를 굽어보며
돌고 도는 게
인생이라는 깨달음을 얻었고
돌고 도는 게 돈이라는 믿음도 얻었다
망한 주식을 다시 시작해
재기를 노려 본다는 말과
월세를 올린 건물주 머리 모양이
촌스럽다는 말을 남기고
굳은살을 자랑스럽게 보여 주던
미용사는 떠났다

그냥 여자

여자를 만났다
여성을 만났다
어떤 표현이 적당한지 고민이다

도토리를 잘 줍는 여자
손가락으로 머릿결을 넘기면 손 틈으로 유혹이 흩어
지는 여자
도토리보다 상수리를 잘 줍는 여성
설거지 그릇이 쌓이지 않는 살림 잘하는 여자
도토리묵을 앞에 놓고 막걸리를 잘 마시는 여자
책을 많이 읽은 지적인 여성
능력이 뛰어나 상무로 승진한 도토리묵을 좋아하는
여자
귓가에 솜털이 보이는 파전보다 도토리전을 좋아하
는 여성

수식어를 쓰는 게 조심스러워
무미건조하게 여자라고 쓴다

감정이입 없는 여성이라고 쓴다

둘이 악수를 했다
한 사람은 악수였고
한 사람은 악수가 아니라고
싸우는 걸 목격한 날이 있어
그냥 여자라고 건조하게 쓴다
그냥 남자라고 드라이하게 쓴다

수식이 불편한 시대에 도토리도 불편하다

윤수일의 쓸쓸한 아파트

8천 5백

설마 8천 5백 원은 아니겠죠

1억 5천

2억 3천 3억 2천

4억

5억 7천 7억 9천 9억 2천

가격도 다른데 같은 줄에 올려놓는다면 동급 취급을

받잖아요

10억

그래요 10억은 되어야 억 소리가 나죠

11억 3천만

12억

뭐라고 불러야 할까요

13억 5천만

14억 2천만

16억 4천만

이름이 생각나지 않네요

그럼 어디에 사나요

17억

18억 8천만

20억

고향을 말하는 건가요

21억 5천

22억 2천

토끼몰이하던 동네 뒷산은 평당 만 5천 원으로 들었
어요

푸르지오에 3년 래미안에 2년 살았어요

이제 윤수일의 쓸쓸한 아파트는 쓸쓸하지 않아요

24억 3천만

25억

지금은 허공에 살아요

26억

27억 28억 30억 3천 43억

늙은 혁명가의 농담

2021년에 혁명가로 살기 위해서는
전동드릴 쯤은 자유자재로 다뤄야 한다
수많은 볼트와 나사로 고정된 것을 풀기 위해
혁명가는 숙련된 기술자여야 한다
이념과 열정으로 무장하기에 앞서
최신 장비로 무장해야 한다

콘크리트 벽에 못을 박다가
드릴의 무게 감당하지 못해
손목이 꺾였고
정형외과를 다닌 지 2주째
장기적인 치료를 위해 한의원에 다녀야 할지
거리의 간판을 살피는
나이 든 혁명가는
아무도 모르게 목공방에 다니기 시작했다

지금도 혁명이 필요하냐는 질문에
전동드릴을 자유롭게 다룰 때쯤

해답을 말한다고 했다
나이가 들면 손목과 발목과
이음새의 안부를 먼저 챙기는 게
혁명의 길에 나서는 첫 번째 태도다

신파조 윙크

자꾸만 주위를 둘러본다

용기를 내어 윙크를 한 게 아닌데
눈꺼풀의 경련이
나흘째 이어진 폭음 때문이란 것을
단골 술집 주인은 안다

왼쪽 눈은 자연스럽지 못하다
스물한 살 때부터
오른쪽 눈으로 윙크를 했다

왼쪽 눈 긴장한 윙크의 반복에
그녀는 주위를 둘러본다

부끄러운 건 당신이 아니고
초점을 맞추지 못하는
신파조 윙크의
낡은 렌즈이다

좋았던 옛날

리어카를 끌고 가는 나이 든 할아버지가
오토바이에 리어카를 매달고
폐지를 쓸어 담는 젊은 할아버지를
물끄러미 바라본다

옛날이 좋았지 육십만 넘으면 죽었는데

오일장 좌판에서 다듬은 파 두 바구니 시들까
우산 하나 받쳐 놓은 할머니가
오이 가지 호박 부추 대파
쪽파 감자 양파 브로콜리 양배추
박스 열 개를 펼쳐 놓은 젊은 할머니를
물끄러미 바라본다

옛날이 좋았지 육십만 넘으면 죽었는데

의사 아들이 건물을 지었다고 자랑하던
나이 든 할아버지가 요양병원에 들어간 다음 날

석션은 언제 하냐고 묻자
찡그리며 기저귀를 갈던 나이 든 간병인이
물끄러미 바라본다

옛날이 좋았지 육십만 넘으면 죽었는데

고단하게 살다 보니
목숨줄이 더 모질어졌다며
송대관 노래처럼 해 뜰 날이 올 줄 알고
고단해도 견뎠더니
목숨줄만 모질어졌다며
그리운 옛날 숨 넘어갈 듯 긴 시조창을 부른다

옛날이 좋았지 육십만 넘으면 죽었는데

백일홍

백일홍을 심었다
피는 날부터 날짜를 세기 시작해
구십 일을 넘지 못했다

배신감이 밀려왔다

백일홍 아래
번식력 좋은 토끼풀로
꽃반지 만들었다

백일홍 구십 일
꽃반지 열흘
둘이서 백 일을 채웠다

지는 꽃 아래
피는 꽃 있어
꽃들은 계절을 이어 가는 계주 선수다

그만의 보폭으로 구현하는 혁명, 그리고 해학

강병철(시인·소설가)

그는 계룡시에 산다. 동급 체질인 물리학과 출신 김병호 시인과 근동에서 만나 주로 생맥주에 소주를 섞어 마신다. 그림쟁이 내 친구 황재학 시인이 이따금 동석하고 담백한 시인 전인 벗님은 드문드문 만날 것 같다. 오마이뉴스 기자 송성영과도 이따금 소통했노라는 얘기도 귀동냥으로 들은 것 같다. 나도 이따금 원정 술청에 끼어 세종시로 옮긴 「낮술」의 김상배 시인을 도마에 올려놓으며 결곡한 벗들 앞에서 떡으로 취하기도 했다. 나 혼자 공주까지 총알택시로 귀가하다가 조수석 바닥에 카드를 떨구고 온 상실의 기억도 있었고.

그를 만난 게 언제가 처음이던가. 문청 시절, 대전의 '힘글' 동인 후배 중에서 그 대학 출신이 아닌 시인으로 육근상과 정덕재가 유독 눈에 들어왔던 기억도 기실 아득하다. 1993년이던가, 신춘문예 등단 소식으로 그의 이름자를 또렷이 외웠는데, 이상하다, 오랜동안 출간 소식이 부재한 것이다. 그렇게 10여 년 넘게 지루하게 주목하다가 잊을 만하던 어느 날 그의 문장이 갑자기 활발해졌다. 녹용 달이듯 부채질 숯불 부치다가 풀어진 압축파일처럼 느닷없이 문장을 쏟아내는 중이다. 시집『비데의 꿈은 분수다』를 출산하며 가속이 붙었던 것 같다.『새벽안개를 파는 편의점』,『나는 고딩 아빠다』,『간밤에 나는 악인이었는지 모른다』로 연동시키더니, 바로 어제『대통령은 굽은 길에 서라』를 또 띄운 것이다. '대통령 후보들은 전통시장에서 오뎅을 먹지 못하게 법으로 명시하자'는 구호를 펼쳤다나. 그래서 그의 페이스북 문장은 페이스오스의 희극적 서정이다.

> 컴퓨터를 켤 때마다
> 그녀 곁으로 모여든
> 여러 개의 파일은 일렬종대 기둥으로 세워져
> 약속을 암시하는
> 32년 전의 암호를 만든다
>
> 캐리 멀리건이 아니어도 괜찮고 김미정이어도 괜찮다
> ―「기둥에 부딪힌 관계」부분

여주인공 잔상을 컴퓨터 배경화면으로 설정한 후 이따금 마른 풀 단발머리를 떠올린다. 그래서 치약을 짜다가도 울컥 외로움이 몰려들 법하지만 일체 표시를 내지는 않는다. 대사동인가, 아니면 부사동 어디쯤 술집 기둥에 부딪힌 생머리의 눈빛도 기실 가물가물하다. 황순원의 「소나기」에 등장하던 '맑고 청량한 초가을 햇살'의 오후일 수도 있고 오동나무 이파리가 빈 대떡처럼 뚝뚝 떨어지는 11월 둘째 주 금요일일 수도 있다. 지금은 컴퓨터 자판을 멈추고 발바닥 긁던 손가락을 씻는 중이다. 이번에는 책상 달력에 체크한 '두 개의 이응'과 기억력의 전투를 벌이는 풍경이다.

탁상달력 11월 21일 칸에 단정하게 적혀 있는 자음 이응 두 개가 눈에 들어왔다 6월 30일 한 해의 절반을 보내는 날에 남은 달력을 펼쳐 보는데 두 개의 이응이 무슨 뜻인지 생각나지 않는다
　　　　　　　　　　 —「두 개의 이응을 찾아서」 부분

도대체 누구였을까, 달력에 표시된 '비밀의 화원'이 풀어지지 않는 것이다. 이민 간 '영유'의 두 이응일 수도 있고 손바닥에 전화번호 적어 주던 생머리 '유인'이었는지 헷갈리는 중이다. 조심조심 징검다리 건너던

'우인'이거나 강의 노트 빌려주던 중등교사 '영욱'일 수
도 있겠다. 추억의 단골 술집을 적어 놓았는지도 모
른다. 대전시 목척교 호프집 '우연'이나 새벽의 포장마
차 '연인'이 가물가물 흐려진다. 바나나 '우유'를 좋아
하던 복학생 선배나 탁구 '영웅' 이애리사 닮은 후배를
'나만의 암호'로 재빨리 적었을 수도 있다.

> 열여섯 살 담뱃잎을 말리는 비닐하우스에서
> 병삼이 아버지는 담배 피면 뼈가 삭는다고
> 길게 훈시를 했다
> 여든셋 세상을 떠나기 일주일 전까지
> 그는 담배 몇 모금씩 빨았고
> 끝내 뼈는 삭지 않았다
> 아내가 죽고 시름시름 앓다
> 읍내 장터에서 예순일곱 여인을 만나
> 기운을 차린 게 구 년 전이고
> 오 년 전 헤어진 문틈으로 울음이 새어 나왔다
> —「고향 사람이 죽었다는 부고」 부분

코로나 시국, 애경사는 휴대폰 부고로 받은 다음
은행 계좌 이체로 부조를 마무리한다. 그래도 결혼식
장처럼 '축의금 봉투와 와인 한 병을 교환하기' 위한

발품을 팔지 않으니 몸품이 들지는 않는다고 해야 할
까. 코로나만 사라지면 코다리찜과 새우젓에 찍어 먹
는 수육 접시, 비닐봉지 찰떡을 떠올리며 백마강 어디
쯤 장례식장 찾아 우울한 표정으로 상주를 마주하게
될 것이다.

귀족 반려견이 죽으면 주인께서는 부모상보다 아프
게 꺼이꺼이 통곡하더라도 그나마 지인들만큼은 '부
조의 짐'에서 해방되는 차이점이 있다. 지금 시인은 산
책을 종용하며 꼬리 흔들던 돈 워리를 떠올리며 혼자
천변 길을 걷는 중이다. 밤 깊은 간판에는 불이 켜 있
지만 취객의 등짝에는 경보 불빛을 밝혀 주지 않던 그
길이다. 그렇게 가십거리 소재에서 가로등 불빛을 제
조하는 재능이 있으니.

> 정육점에서 나오는 부인을
> 보았다는 말을 하지 않았다
> 밝은 표정으로 나온 부인은 초혼이고
> 즐거운 얼굴로 올라가는 남편은 재혼이다
> ―「살아간다」 부분

그는 501호에 산다. 언제부터였나, 100미터를 15초
로 달리거나 공중돌기로 착지하는 601호 악동들의

발차기 소음을 눈감아 줄 만큼 관찰자의 몸으로 굳어지기 시작했다. 족발 예찬론자인 201호 사내는 2층이지만 부득부득 엘리베이터를 사용한다. 202호는 여수 돌문어 택배를 받을 때마다 입술이 귀에 걸리며, 늦게 입주한 302호와는 아직 인사를 나누지 않았다. 401호 그녀는 이상한 냄새의 근원지를 묻는 게 안부 인사로 굳어졌다. 다행히 베란다의 담배 연기로 충간 충돌이 터지지 않는 것은 이중창문에다가 마스크로 차단했기 때문이다. 그랬다. 마스크 시대 이후 이조돌구이 철판 위에서 13층 사내를 우연히 조우해 슬쩍 눈인사 건넸지만 연기에 가려 아스라하다.

아파트 동거인들은 수십 년 같은 엘리베이터를 오르내리면서도 살큼하지 않은 만큼 마찰도 없다. 괜찮다. 이어폰에 마스크 무장으로 최소한의 안부만 간신히 나누니 친화되지 않은 만큼 배반당할 염려도 없는 것이다. 겨울이 가도록 장갑을 벗지 말라며 부부 사랑을 모으던 그미는 이듬해부터 혼자 벤치에 덩그라니 앉아 있다. 이삿짐이 사다리차 꽃잎과 함께 떠난 후에도 몇 통의 고지서가 우편함에 차곡차곡 쌓이는 중이다. 짜장면 그릇 포장용 랩은 재활용이 아니라는 정보 정도만 공유시켜 줄 뿐이다. 헛기침으로 이웃집 안마당 드나들던 울타리 공동체 사연이 아득한 전설처럼 어른거린다.

　　까만 털은
　　밤에 더욱 빛난다
　　달밤 산책길에 만난
　　당신의 반려견에게 주구走狗라는 말을 뱉자
　　까만 놈은 바지 끝자락을 물었고
　　발길질을 견뎌야 했다
　　그 이후 경계심의 무기를 장착했다

　　물어뜯어야 할 자본과
　　뜯어 버려야 할 권력을
　　어쩌지 못하는 자가
　　할 수 있는 건 어이없는 발길질
　　꼬리를 흔드는 시간과
　　귀여운 이빨을 구분하지 못하는
　　어이없는 사리 분별
　　114동 현관으로 들어가는 까만 놈은
　　사람을 보면 자주 짖는다

　　　　　　　　　　　　　　　　　　—「개」전문

　시국이 아프던 우리들의 젊은 날이었을까, 그가 보

인 몸짓에서 특이 행동이 전혀 없었는데도 괴물이라는 느낌이 파고들었다. 1993년 신춘문예 동기였던 이정록 시인에게 '정덕재는 문장 천재'라며 옆구리 찔리던 후유증인지도 모른다. 검둥개 짖는 사연이 '담장 바깥 연인들의 진한 포옹' 때문이었다는 문장의 신음을 만난 이후 더욱 굳어졌다. 지금은 그 검둥개가 바지 끝자락을 무는 바람에 발길질 충동을 쓰다듬는 중이다. 꼬리 흔드는 시간과 어금니 깨무는 타이밍을 구분 못 하는 114동 검둥개의 머릿결도 지성껏 헤아려보고 싶어진다. 도둑이 던지는 비스킷에는 꼬리를 흔들며 핥아대지만 오가는 거리에서 동족만 만나면 컹컹 짖는 그들의 공격성까지도 진한 애정으로 쓰다듬어야 한다. 생긴 대로 발설하는 동물적 근성조차 기꺼이 수긍해야 할 애린의 실루엣이다.

> 포클레인 엔진 소리가 커지자
> 새는 날아갔고
> 사람들 모두 하늘을 보며
> 날아가고 싶다며 중얼거렸다
> 하늘이 맑아 구름은 명랑했지만
> 비행기는 보이지 않았다
>
> —「철거」 부분

건물을 철거하자 무너진 벽에서 녹이 덜 슨 철근들이 드러나기 시작했다. 노동자들이 식당으로 몰려가자 남겨진 철근 위로 참새 한 마리 외롭게 마디를 세우고 있는 배경이다. 벽돌을 던지며 자본가들과 싸우던 날 바닥에 떨어진 철근 녹이 벗겨져 반짝반짝 빛난 적이 아주 잠깐 떠오르기도 했다. 무너진 바리케이드에서도 파랑새 날갯짓 그림자가 스치면서 언뜻 평화의 울음소리가 들리는 것 같기도 하다. 그렇듯 그의 시집이 사랑과 한숨을 조합하면서 지난한 세월을 은밀하게 맞이하는 것이다. 때로는 시집의 두께만큼 기운 장롱을 받치면서 건재한 유용성을 증명하기도 한다.

> 콧잔등 위 얼굴만 드러내는 시간이 길어지자
> 입에서 나오는 열 마디 중에
> 마스크를 뚫고 나오는 것은 한 마디뿐
> 뱉은 말을 다시 삼키느라
> 질식사로 숨지는 작가들이 늘어나고 있다
>
> —「질식」부분

마스크 시대 이후 청각장애인들의 소통이 가장 난감해졌다. 눈빛 하나로 상대의 의중을 파악해야 하니 구비문학들이 삽시간에 자취를 감추었다. 먹머루 사연을 읽어낸 총기가 플래시처럼 빛을 내기도 하겠지만 질식으로 숨이 가빠진 군상들도 늘어날 것이다. 그러거나 말거나 불편해진 세상도 익숙하게 적응할 수밖에 없다. 코로나 이후에도 민초들은 여전히 몸에 익은 마스크를 벗지 않으리라.

> 구경꾼 하나가 작살을 던졌고
> 포유류 한 마리는
> 비명 없이 허우적거리며
> 피를 흘리는 중이다
>
> —「흰 수염 얼굴」 부분

그의 근육에도 세월이 개입했으나 묘책이 없다. 숙취의 신새벽, 부뚜막에 엎드려 동치미 국물로 시린 위장 달래던 청춘도 뿌옇게 사라졌다. 뿌리가 약한 놈부터 탈진이 시작되더니 힘에 부친 수염들이 하루가 다르게 흰색으로 채색 중이다. 수영장에 들어서서 늙어가는 흰수염고래라고 주문을 외우며 거친 세상 헤쳐가야 할 참이다. 벽에 못을 박다가 굳은 등이 우두둑 소리를 낼 때마다 스트레칭으로 간신히 풀어야 한다. 종종 길을 잃어버릴 수도 있으므로 메모지의 분량으로 십수 년 버틸 참이다. 치약을 짜다가 거울 속에서

벌어진 이빨 틈새를 발견했으니 그 여백을 채울 궁리
도 해야 하리라.

　그의 세월도 7부 능선에 입入했으니 사계절로 치면
가을의 후반부요, 하루치 24시간으로는 오후 다섯 시
쯤의 수치 계산이 나온다. 시국을 진단하던 중년의 경
계도 지나고 이제는 모난 돌도 너그럽게 바라보는 장
년의 세월이다. 어느 날 못질을 하다가 허리가 삐끗할
지도 모른다. 초로에 입入하게 되면 더욱 가속페달을
밟을 것이다. 청년 세월부터 주酒와 공존했으므로 근
육질 살집이 빠지면서 발목도 가늘어지리라. 느리게
살아갈 준비를 해야 할 타이밍이지만 다행히 그는 세
월의 흐름에 강박을 느끼는 스타일은 아니다.

　　　밤새 기다렸다고
　　　일제히 노래 부르는 나뭇잎은
　　　바람의 연주에
　　　베이스와 테너를 넘나드는
　　　신기한 창법을 들려준다
　　　　　　　　　　　　　　　　—「커튼을 열며」 부분

　구부러짐으로 꽃을 피우는 나무는 지난한 사연 하
나만으로도 위대하다. 직립의 울울 수풀보다 철사에

묶인 대로 몸을 키우는 베란다 관상목 스토리가 더 깊고 처연한 것이다. 커튼을 여는 순간 일제히 펼쳐 주는 가로수의 하모니도 마찬가지이다. 그래서 나무를 설명하는 열 권짜리 구술보다는 나무의 창법을 묻는 게 먼저일 수도 있다. 그 차이일까, 그만의 독특한 창법은 흉내를 낼 수가 없다. 지금도 사물과 일체가된 시간을 오려 놓고 안경 너머로 살리거나 제거할 문장 목차를 고르는 중이다. 가파른 고개를 넘지 않아도 가늘어진 종아리처럼 숨이 가빴던 시절도 내려놓으리라. 지금은 정수기 버튼을 내리며 갈증을 채우는 중이다.

벌이 잠든 시간에도

벌통 안에서

작은 메아리가 좁은 골짜기에 부딪히는 소리가 난다

늦겨울이나 이른 봄이면

사람들은 벌통을 분양하느라 분주하다

날개를 펴고

꽃가루를 찾아다니기 전에

벌들은 이곳에서 저곳으로

방을 옮겨 다닌다

벌들도 전셋값 걱정을 하는지

집을 옮길 때마다

부산스럽다

—「벌들의 전세방」전문

'70-80'이 있었다. 라떼는 말이야. 씨헐씨헐. 쏟아
지는 최루탄을 뚫고 화염병 던지던 심장 박동 시국을
살았단다. 먹물 간판을 팽개치고 현장으로 들어간 노
학연대가 당위성이던, 스스로 몸을 불사르며 독재에
항거하던 우리들은 모두 애국청년들이었다. 그랬다.
'시국이 아파서 내가 아프다'던 그 가슴은 관념이 아
니라 실제로 생살이 찢어지던 현장이었다. 당연히 민
중시가 쏟아졌고 성명서처럼 거친 문장들이 함부로
쏟아지기도 했다.

그의 몸도 당연히 아스팔트 현장에 있었다. 던질 거
라곤 돌멩이밖에 없었으므로 팔매질 날리며 스크럼
도 지켰다. 그러나 정덕재의 문장은 차이가 있었다. 급
류에 편승하지 않고 보폭을 지키면서 캐릭터를 만들
었으니 그게 '작가의 몸'이요 권리이다. 리모컨 채널 번
호를 바꾸며 최루탄 굉음과 청량음료로 낄낄대는 장
면을 수시로 오버랩 시키며 창발적 서정성을 조율한
것이다. 그래서 그의 시는 낄낄대는 익살이 아니라 힘
의 행간을 찾아내는 해학이 된다.

또각또각 하이힐을 신고 가는

여성의 발목과

그림자처럼 소리가 나지 않는

노인의 발목과

굵직한 장딴지를 힘겹게 지탱하는

청년의 발목은

오래전부터 상처를 숨겨 왔다

—「통증 2」 부분

220볼트 전기가 흐르는 신체발전소가 있어 비 오는 날의 발목이 조바심스러운 연륜이 되었다. 세월이다. 소풍 전날 부뚜막에 올려놓은 운동화가 누렇게 마르던 세월도 빛의 속도로 흘렀다. 등산 대신 천변 산책으로 한 등급 낮추면서 무르팍 관절을 갸웃갸웃 마사지한다. 건널목에서도 행인들의 발목을 유심히 살피는 '매의 눈'이 생긴 이유이다. 소꿉장난처럼 펼쳐놓은 골목길 할머니의 야채 평상에서 다정한 소통에 빠지는 여유를 보일 수도 있다.

횡단보도 남자 1의 흡연은

식민지 폐병과 다른 몰지각한 폐병이고

남자 2의 허리띠는

무관심한 고도비만이고

자꾸만 가래침을 뱉는 남자 3은

도덕적 양심을 가져야 한다

　　　　　　　　　　　　　　—「보행자 자격증」 부분

　쉰다섯을 넘으면서 천 권이 넘는 책도 불안하게 버렸다. 이삿짐 풀어놓고 짜장면 먹는 '습'처럼 북경 소주 한잔 기울이며 되새김질 사유에 빠지는 것이다. 기다리는 플랫폼에서 발목 돌리며 뼈마디 하나씩 풀어내면서 꺾어 신은 구두 뒤꿈치처럼 무심했던 공간에 눈길을 모은다. 나머지 인생도 지금처럼 무표정하게 진지하리라.

2021년에 혁명가로 살기 위해서는

전동드릴 쯤은 자유자재로 다뤄야 한다

수많은 볼트와 나사로 고정된 것을 풀기 위해

혁명가는 숙련된 기술자여야 한다

이념과 열정으로 무장하기에 앞서

최신 장비로 무장해야 한다

　　　　　　　　　　　　　　—「늙은 혁명가의 농담」 부분

　시는 아무도 모르게 목공방에 다니는 배경에서 시

작된다. 손목과 발목의 이음새 안부를 먼저 챙기는 게 나이 든 혁명가의 첫 번째 책무이다. AI의 점령 이후 개인의 노력으로는 세상의 변화 속도를 절대로 따라잡을 수가 없으므로 최신 장비로 무장해야 한다. '젊은 피와의 간극 메우기'가 익숙하지 않더라도 먼저 다가서야 한다. 그렇게 헤드라이트 비추며 골짜기 더듬던 보폭으로 전진하며 문장의 스펙트럼에서 체질에 맞는 언어를 찾아내는 중이다. 그러나 그는 글자들을 졸이거나 조합하지 않는다. 숨은 단어를 핀셋 수색하지 않으며 장대비에 가스 불도 붙이지 않는다. 샛길에서 독자들을 집중시킬 수 있는 마력의 사내들이 그렇듯.

몸을 다스리느라 술을 마시지 않고 있다는 소문을 문풍지 너머 접수한 한참 후 즈음이다. 소주라도 한 잔 돌리자, 고 전화할까, 그날따라 얼굴을 오려 놓고 달력 숫자판을 더듬던 찰나였다. 궁싯대는 순간 핸드폰에 그의 이름자가 먼저 떴다. 『치약을 마중 나온 칫솔』의 발문을 부탁하는 것이다. '머리가 하늘까지 닿겠네'처럼 팔짝 뛰고 싶은 심정을 지긋하게 누른다. 그리고 홍부의 가슴으로 예언하고 싶은 것이다. 야생마로 치달리는 그의 문장들이 톱밥처럼 콸콸 쏟아질 것 같은 경외감 때문이다. 발간 기념으로 계룡시 포차에서 빡세게 젖어 야간 택시로 귀가하겠노라고 마음만 먹어 본다.

치약을 마중 나온 칫솔

2021년 12월 15일 1판 1쇄 펴냄

지은이	정덕재
펴낸이	김성규
편집	김은경 김도현
디자인	김동선
펴낸곳	걷는사람
주소	서울 마포구 월드컵로16길 51 서교자이빌 304호
전화	02 323 2602
팩스	02 323 2603
등록	2016년 11월 18일 제25100-2016-000083호

ISBN 979-11-91262-82-7 04810
ISBN 979-11-89128-01-2 (세트)

* 이 시집은 충남문화재단의 창작지원금 일부를 지원받아 제작되었습니다.
* 이 책 내용의 전부 또는 일부를 재사용하려면 반드시 지은이와 출판사의 동의를
  얻어야 합니다.
* 잘못된 책은 교환해 드립니다.